MAURICE RAVEL

LA VALSE

POEME CHOREGRAPHIQUE

EDITIONS DURAND & Cie, Paris

4, Place de la Madeleine, 4

United Music Publishers Ltd. Londres.

Theodore Presser Company, Bryn Mawr (U.S.A.)

Déposé selon les traités internationaux. Propriété pour tous pays.

Tous droits d'éxécution, de traduction, de reproduction, et d'arrangements réservés.

MADE IN FRANCE   IMPRIME EN FRANCE

ÉDITIONS DURAND & Cie, 4, Place de la Madeleine, Paris (8e)

*Des nuées tourbillonnantes laissent
entrevoir, par éclaircies, des couples de
valseurs. Elles se dissipent peu à peu:
on distingue* $\boxed{\text{A}}$ *une immense salle peu-
plée d'une foule tournoyante.*

*La scène s'éclaire progressivement.
La lumière des lustres éclate au* ff $\boxed{\text{B}}$
Une Cour impériale, vers 1855.

LA VALSE

Poème chorégraphique pour Orchestre

A MISIA SERT

MAURICE RAVEL

D. & F. 10.080

Paris, 4, Place de la Madeleine

2

4

* *Otez les Sourdines une à une.*
Toutes doivent être enlevées à **16**

34

26
Gdes Fl.
Hautb.
Clar.
Clar. B.
Si ♭
Bons
à 2
C. Bon
Cors
Tromp.
1re e 2e Tromb.
3e Trb. et Tuba
Timb.
Tamb.
Cymb.
Gr. C.
ff
1o
mf cresc.
26
Vons
Altos
Velles
C. B.
arco
mf cresc.

50

52

56

58

78

90

Gdes Fl.
Hautb.
Cor A.
Clar.
Clar. B.
Bons
C. Bon
Cors
Tromp.
1r et 2e Tromb.
3e Trb. et Tuba
Timb.
Cymb.
Gr. C.
Vons
Altos
Velles
C.B.
à 2
1o 2o
Tuba
Div.
pizz.
arco
ff
fff

123

132

Ch. Douin, gr. Poinçons Durand & Cie   D. & F. 10.080.